رواية

الانفلونسر

المهجرة إلى كندا

د. جُمان الريحاني

شاب وحلم

عابر وهو شاب في الأربعينات من عمره، شاب بسيط وطيب، ممتلئ الجسد قليلا ولكنه ليس بالشخص البدين، اسمر البشرة، واسود الشعر والعينين.

هو شاب طيب ومحترم ولا يؤذي غيره، بل انه يعيش في حدود معينة فهو لا يتدخل في غيره، ولا يحشر نفسه في ظروف الناس ولا في مشاكلهم.

كان عابر كل حياته يطمح بالهجرة والسفر إلى بلد آخر، لم يكن يحب أن يعيش حيث هو، حيث يظن بأن أحلامه لا تتحقق.

لقد كان يعيش في بلد عربي، ولم يكن يوما يحب كيف يوصف بلده بأنه في العالم الثالث، لقد أراد وبشدة أن ينتقل إلى بلاد العولمة والتطور.

أراد أن يحظى بفرصة أفضل للعيش، لقد كان يعرف بأنه قادر على العمل والمساهمة في تكوير البلاد ولكن ليست البلاد التي يعيش بها هو حاليا.

كما كان يقول ليعش هنا من هو مقتنع بالحياة هنا وسوف أذهب إلى مكان يمكنني أن أصبح فيه أنا حقيقتي.

مكان اعمل فيه وأعيش بكل قناعاتي.

لقد سئم من الناس حوله، أناس محطمون ولا يعجبهم العجب، أناس لا يعملون ولا يتعبون ولا يحبون حين يبذل غيرهم جهدا، فيسعون دائما لتحطيم الآخر لأنهم لا يريدونه أن يتفوق عليهم، وفي نفس الوقت هم لا يريدون أن يضاهوه جهدا.

ولأن مراقبة شخص يسعي إلى النجاح أو مراقبة شخص يستمتع بالنجاح، هو أمر مجهد لمثل تلك الفئة من الناس لذا فهم دائما يسعون لتحطيم الغير سواء بالسخرية عليه والسخرية من أعماله وأفعاله أو حتى بإثباط عزيمته، وتحطيمه لكي لا يعيد الكرة أو لا يستمر فيما هو جيد فيه، وهم لا يعدمون الحيلة إذ لهم حيلهم وأساليبهم الخاصة.

هناك في العالم الكثير من الأشخاص الذين يعانون من الفشل، ولا يحبون لغيرهم أن ينجح في أي شيء.

الشخص الفاشل بطبعه كسول وأحيانا هناك من يتعب من مراقبة جهد الناس، فيتمنى أن تزول النعم عليهم لكي يرتاح من مراقب أعمالهم تزدهر.

انه الفاشل الذي يتمنى الفشل للناس ومن يكون ناجحا فإنه يشعر بجهد الآخرين، ويقدر عملهم الناجح ويستطيع أن يعرف مدى تعبهم لوصولهم إلى تلك النتائج المشرفة والتي تدعو للفخر.

العمل من أجل لقمة العيش يضطر الشخص إلى العمل في أي مجال يوفر له معاشا، ولا يشترط أن يتوفر حب المهنة، فليس كل من يشغل منصبا هو يحب وظيفته.

العمل من أجل لقمة العيش هو ضرورة للعيش ولاستمرار الحياة، العمل هكذا هو لضمان قوت اليوم وليس للانجازات والتطور والتقدم والاستمرار في النجاحات، الفرق بين هذا العمل وعمل الانجازات كبير.

العمل هذا هو لحفظ ماء الوجه وللحفاظ على كرامة الشخص، لكي لا يسأل الناس ما يستطيع الحصول عليه بجهده أو بعمل حتى لو كان غير هذا العمل غير مقنع، أو ربما غير لائق في نظر البعض مثل أعمال النظافة وأعمال حمل الأغراض أو التوصيل وما إلى ذلك.

بل أن في ها العالم أشخاص قليلون الذين يشغلون مناصب حقا، يرغبون في العمل فيها بتفاني.

ويقولون بأن من يعمل عملا يحبه هو شخص حقا محظوظ.

وأن المحظوظ هو من تتوحد وظيفته مع هوايته، فالناس بالعادة يحبون هواياتهم أكثر من وظائفهم، فهناك من يضطر لوظيفة وهناك من يجبر على واحدة وقليل من يختارون وظائفهم وفقا لما يحبون.

في العادة الفرق بين العمل والهواية يكون كبيرا ودائما ما يتواجد إلا في بعض الأحيان.

فعندما يرث الشخص حب المهنة عن والديه، فهناك سوف تنشأ رابط الحب نحو عمله ووظيفته دون أن يحتاج أن يصبح عمله هو هوايته.

فمثلا عندما يتشرب الشخص أثناء طفولته حب مهنة والديه أو أحدهما، فإنه يعقد العزم على أن يصبح في المستقبل مثلهما مثلا والداه طبيبان أو أحدهما وقد أحب

عملهما منهما، فيحلم بأن يصبح طبيبا ويستمتع بذلك العمل مستقبل.

أو مهندسين أو والده رجل أعمال مثلا أو ما شابه، ولكن في بعض الأحيان لا يسقي الوالدين حب المهنة لأولادهم.

بل على العكس قد يتشرب كرههما إلى تلك المهنة إن لم يكونا يحبانها أو مرغمان على شغل تلك المناصب.

وأحيانا يجتمع العمل مع الهواية، مثلا حب السينما أو التصوير الفوتوغرافي أو تصميم الأزياء وما شابه كمهنة وهي في الأصل هواية.

وأحيانا يتعارضان مثل أن تكون الهواية رسم أو غناء، بينما يشغل الشخص منصبا حكوميا في التدريس أو التمريض أو ما شابه.

وهكذا تختلف الظروف ويختلف الأشخاص وميولاتهم، وأيضا الأعمال والوظائف التي يشغلونها باختلاف التوجه والطرق التي يسلكونها.

وأيضا بتصريف القدر وبعض الأمور الأخرى التي قد تساعد الأشخاص أو تعيقهم، فهناك دائما أمور مساعدة توصلك إلى حياة معينة وأمور معارضة توصلك إلى طريق آخر تماما.

العمل من أجل لقمة العيش

كان عابر يطمح بالخروج من بلاده والهجرة إلى الخارج، ومنذ أن كان في السابعة عشر من عمره وهو يطارد هذا الحلم، ويجري وراءه.

ولكنه لم يتمكن من السفر ولا الهجرة لأنه لم يكن يمتلك المال لفعل ذلك.

لم ينجح عابر في الدراسة، لذا فهو لم يكن لديه شهادة وأيضا لم يتحصل على عمل يجمع منه أموال.

وبما انه ليس لديه شهادة فهذا كان سببا في عدم حصوله على عمل محترم براتب ثابت، فكان يعمل في أي شيء ودون تردد لأنه كان شاب قوي ويحب العمل، لقد كان يعتبر العمل عبادة ولا يستطيع البقاء مكتوف اليدين.

كان يعمل لساعات طويلة ويبذل جهدا مضاعفا، ودون ان يتلقى مالا كافيا للعيش بشكل جيد.

لقد كان مضطرا للعمل فمن الصعب أن تعيش بدون عمل، بل يجب على كل بالغ أن يبذل جده لكي يثبت نفسه في مجتمعه الذي ينتمي إليه.

ولا يصح أن يبقى الناس تحت الجدران بمعنى بدون عمل بحجج واهية، مثل أنه لا يوجد عمل أو أن الأعمال لا تناسب مستواهم في حين أنه لا مستوى لديهم.

ولكن هذه نظرة الكثير من الشباب في العالم العربي الذي لا يستحى أن يمد يده إلى والديه أو أحدهما، بينما

هو شاب طويل عريض يستطيع أن يعيل نفسه على الأقل، ويستطيع أن يعمل أية عمل شريف أفضل من مد يده إلى والديه اللذان يعيلانه ويوفران له السقف والطعام فيتمادى إلى سؤالهما أن يوفرا له الثياب ورصيد الهاتف.

وهذه الحالة من الشباب يتباهى خارج البيت بأنه شاب رائع ومتحضر يرتدي الملابس والنظارات، ويحمل هاتفا جيدا ورصيده لا ينتهي.

وفي نفس الوقت لا يرى بأن كل الأعمال المتوفرة تليق به، بينما هو مجرد شخص اتكالي، ويتسوّل رصيده من والديه، ويدعي بأن هذا المستوى الذي يرسمه للناس هو مستواه بينما هو مستوى يوفر له والدها من حاجتهما.

لا تحب الوالدة أن ترى ابنها في حاجة وأحيانا لا يكسر الوالد بخاطر ابنه الذي يريد له السعادة، ولكن هذا الأمر يفسد الأبناء الذين لم يعودوا في مرحلة الطفولة.

وان تسامح الوالدان بتلك الأمور مع الفتيات، فلا يجب أن يتساهلوا بالأمر مع الشباب.

ربما ليس من اللائق أن تضطر الفتاة للعمل في التنظيف مثلا، ولكن لا عيب في أن يعمل الفتى في التحميل مثلا أو البناء، فالعمل يبني الرجل والعمل عبادة.

عندما يعمل الشاب فإنه يتعلم الكثير من عمله، ولو كان العمل بسيطا أو يرى الناس بأن الجهد الذي يتطلبه أكثر من المبلغ الذي يتقاضاه لأجله.

العمل يحمل في حقيقته أكثر من المبلغ الذي يكون مقدما لقائه، العمل مدرسة يقوم بتربية العامل على الكثير، على الصبر والتحمل وعلى القوة والعمل يجد وجهد وعلى تحمل المسؤولية.

كما أن العمل يجعل العالم يقدر المال الذي يتلقاه ولا يصرفه لأنه عَرَقه، وليس مال قد وجده على الرصيف لكي لا يشعر بالجهد والوقت الذي تكبدهما له.

العمل مدرسة ويجب على كل شاب أن يدخلها لكي يتخرج منها رجل يتحمل المسؤولية، ورجل يقدر كلما يوضع فيه يده وأيضا.

العمل هو مدرسة تعد الرجال.

وعلى كل شاب أن يدخل إلى تلك المدرسة التي ترحب بكل الشباب، وليس لديها شروط للسن أو غيرها.

مدرسة العمل لا تشترط سنّ العامل أو نوع العمل، أنها مدرسة كبيرة ولها فوائد جمّة.

دراسة لغة

لقد حاول عابر أن يدرس لغة، أية لغة ممكنة وذلك لأنه يعرف بأن أية بلد قد يريد السفر إليها تحتاج إتقان لغة، فلغته العربية لم تكن لتنفعه في تحقيق حلمه.

ولكنه لم يوفق في ذلك، لم يكن من السهل دراسة لغة وإتقانها وهو لا يجد من يتدرب على لغته معه، كما أنه كلما قال لأحد بأنه يحاول الدراسة سخر منه،

وقال له:

هل لديك وقت فراغ كبير لكي تدرس لغة؟

أنت خارق للعادة يا رجل

أنت رجل جبار يا عابر

ولديك الوقت من أجل الدراسة

وتدرس في مثل هذه السن

كيف تحب أن تقرأ وتحفظ؟

هل تستطيع أن تحفظ كل تلك المفردات والكلام

أنا أجد أن تعلم لغة هو أمر مرهق

بل مرهق جدا..

ولكن.. مع من ستتكلم

هل تحلم بأن تسافر أم انك تنوي الهرب؟

أنت تعتزم الهرب من هنا،.. أيها الشقي..

ولكن لما هذه اللغة؟

هل تحلم بأن تلتقي ممثلا يوما؟

أمرك عجيب يا عابر

أظن.. أنه لديك الكثير من الوقت

أما نحن فلدينا المشاغل، إن مشاغل الحياة كثيرة
بالنسبة لشخص متزوج أو رجل لديه أبناء

أما أنت فمتفرغ

لذا أنت لديك وقت إضافي

أنا حقا أحسدك على هذا الهدوء الذي لديك

والكثير من هذا الكلام الذي كان يسمعه باستمرار،
وعلى مر الزمان، وباختلاف الظروف

لقد كان الجميع يحبطونه، ويثبطون من عزيمته لدرجة انه يشعر بالإحراج ولا يعيد الكلام في الموضوع مرة أخرى بعد ذلك، بل كان يتهاون من نفسه ويشعر بأن الأمر ربما حقا لا يستحق الجهد الذي هو يبذله، وهكذا حتى يترك الأمر نهائيا.

وفي كل مرة يحدث معه نفس الأمر، وبنفس الطريقة، ومع أشخاص مختلفين وليس فقط مع نفس الشخص.

لقد كان الأمر وكأنه مقصود أو معد سابقا، ودائما يجعله ذلك يشعر الكثير من المشاعر السلبية والإحباط بشكل كبير.

لم يكن يفهم عابر لا يحدث معه ما يحدث رغم أنه لا يتدخل في حياة الآخرين، ولا يضمر لهم الشر أو النوايا السيئة.

ولكنه هم يفعلون معه هذا في كل مرة ولا يتوبون عن فعل ذلك أبدا.

لقد كان الأمر يجعله في حيرة، ولكن لا حيلة بيده فهو لا يستطيع أن يفهم لما يفعلون ذلك وما الذي يستفيدونه، وعندما يضع نفسه مكان الآخرين يشعر بمشاعر غريبة، ولا يمكنه أن يفهم سبب تصرفاتهم التي تبدو له غريبة جدا.

لقد كان عابر شاب مختلف عن المحيطين به من الناس، لم يكن يشبههم ولا يتعامل معهم بنفس

طريقتهم، بل كانت له طريقته الخاص وكان له أسلوب الخاص به.

العمل..

أما بالنسبة للعمل فقد كان يعمل أعمالا بسيطة ولا يتقاضى عليها مبالغ تكفيه للطعام والثياب، لقد كان كلما يبذل جهدا لا يستفيد إلا القليل، وكلما يراه ينمو أو يزيد هو الوقت لقد كان يرى سنوات عمره تمر وتضيع دون فائدة ملحوظة.

لم تكن هناك فرص عمل جيدة أمامه لأنه لم يكن يمتلك شهادة جامعية، وليس لديه حرفة أو صنعة في يده فكانت الأعمال القليلة المتاحة أمامه بسيطة ويستطيع

أي أحد القيام بها، بل يتسابقون لأخذها كما أن العائد المادي منها قليل جدا

كان يعمل في حمل الأغراض الثقيلة، أي إنه حمال.

وكان يعمل في أعمال البناء أحيانا وهي أعمال يومية ويعتمد عليها الكثيرون.

وكان يعمل في أعمال الحفر أيضا

وكان يعمل أيضا في توصيل الطلبات.

لم يكن عابر يفضل عملا عن عمل، فحين يضطر للعمل ولم يكن يحتقر أي من الأعمال لأنه يعتبر بأن العمل هو أمر مقدس ولا يجب أن يحتقره أي كان.

غير أن بعض الأعمال كان ترهقه، وهي متعبة جدا ولكنه كان يضطر للعمل لكي لا يبقى مكتوف اليدين.

لقد كان قوي البنية صحيح الجسد وكان يثني على أن العمل هو من بنى له جسده وهو من يمده بالقوة، وكلما عمل عملا يحتاج إلى قوة بدينة لا يشعر بالتعب، بل

كان يشعر بأنه هو الذي يستمد الطاقة والقوة من تلك الأعمال.

كما أنه كان يحلم بأن يعمل بياعا في محل، وهذا لم يحظى به لأنه عمل بالواسطة، وهو لا يمتلك أية واسطة لأنه شخص بسيط وليس لديه إلا صديقا واحدا تقريبا.

لقد كانت هناك الكثير من الوظائف والأعمال التي كان عابر يتمنى العمل فيها ولكنه لا يحلم بأن يتحصل عليها، وبالرغم من ذلك فهو لم يكن يائسا بل كان شديد المحاولة ومقداما على التجربة.

وكان يحاول اغتنام أية فرصة تظهر له، إلا أنه لم يكن محظوظا كثيرا أو هذا ما كان يقوله أو يقنع نفسه به عندما لا يحصل على أي عمل كان يريده أو يريد تجربته أو خوضه كتجربة.

كما أنه كان يعيش في مدينة ليس هناك الكثير من الأعمال المتنوعة، بل هي نفس الأعمال التي تصادفه كل يوم ولا يوجد أي عمل جديد أو أي تغيير.

والناس نفسهم وأيضا الفرص نفسها، ولا شيء يتغير وان تغير شيء ما، فإنه بالتأكيد لا يتغير إلى الأفضل.

الزواج..

رغم أن الزواج هو حلم الكثير من الشباب، ورغم أن الزواج هو سنة وأيضا نصف الدين، إلا أن الأمر كان مختلف في تفكير عابر ونظره للزواج، كانت مختلفة جدا عن كل الشباب في سنه أو في بلاده أيضا.

كما أن عابر كان يرى بأن الزواج مرتبط ارتباط لا ينفصل عن الحب، ولم يكن ليحب فتاة دون أن ينوي الزواج بها.

لذا فقد كان الزواج والحب في نظره مرتبطان والزواج، لم يكن مشروعا متاحا بالنسبة إليه، إذن فلم يكن أمامه خيار لا للحب ولا للزواج وفقا لقناعاته ورأيه ووجه نظره في الموضوع.

أعرض الشاب عابر عن الحب والزواج، لأنه لم يكن يريد أن يدفن نفسه، نعم لقد كان يرى بأن الزواج موت وليس حياة ولا سنة للحياة، بل كان يرى بأن الزواج والإنجاب ما هما إلا مقبرة للرجل.

لقد كان يرى بأن الزواج رباط بل هو قيد وليس رباط مقدس، قيد يربطه أو يقيده، لا يقده بفتاة وحسب، بل يحد من حريته ويحرمه منها نهائيا، فيقيده مع عائلة ومجتمع وبلد.

والأطفال هم نهاية الرجل الذي يدفن نفسه فيما يسمى بعائلة، وخاصة أنه هو لم يكن مقتنعا بالمجتمع الذي يعيش فيه، فينسى أحلامه وطموحاته ويصبح كل همه هو أن يقوم بتامين الطعام والشراب والملبس للأطفال.

لقد كان يرى بأن الزواج هو مسؤولية، يمكن للشخص أن يدفن فيها بدون أن يعلم بأنه مدفون.

كما أنه كان يرى بينه وبين نفسه، بأن المرأة في العالم العربي، هي امرأة أنانية لا تنظر للرجل على انه كيان وإنسان بل تنظر إليه على أنه معيل.

معيل يجب أن يوفر لزوجته وأولاده كلما يلزمهم، فيوفر لهم كل مستلزمات الحياة.

ولكي يؤسس حياة عائلية وأسرة فإنه يبدأ مشوار المعاناة منذ البداية، فيدفع دم قلبه من أجل الزواج، وذلك بداية من المهر وخاصة أن المهور أصبحت تتنافس بعضها في هذه الأيام.

فغن المهر قد وصل حده حيث يمكن لقيمة المهر أن تشتري للرجل سيارة أو شقة غرفتين وأيضا هي نفس المبلغ الذي يؤهله لكي يطلب يد فتاة للزواج.

الأمر صعب جدا على عابر وعلى أغلب الشباب، ولا يوجد رجل قد يقبل بشاب لدينه أو لأخلاقه بل أصبح الزواج والموافقة لرصيده أو لشيك يقدمه.

وهناك زواج لمعايير أخرى.

وبعد أن يتكبد الخاطب قيمة المهر يأتي دور الزفاف، فالعائلات لم تعد تقيم حفلات الزفاف في البيوت والمنازل، بل أصبحت كلها تنافس على الحصول على موعد في صالات الأعراس.

ويأتي دور الزفاف الذي يتكبد الكثير من المصاريف منها الضرورية، ومنها من أجل التباهي والتفاخر.

لكي يرى الناس بأن ابنتهم قد تزوجت رجلا مقتدرا، وسوف يجعل منها امرأة سعيدة، وغيرها من الأسباب التي تهمهم، فكا ما يهم في نظرهم هو رأي الناس.

وغيرها من المظاهر التي ما هي إلا مرآة للناس،

وبعد الزواج شهر العسل والهدايا

ليأتي بعد ذلك الأطفال فتأتي معهم مسؤوليات جديدة ومستلزمات جديدة، وضروريات يجب توفيرها من حليب وحفاظات وملابس تصبح اصغر شهر أو شهرين.

المرأة لا ترحم وتضغط على الرجل لكي يوفر لها كلما ترغبه، وأحيانا كلما تراه عند قريباتها أخواتها أو حتى جاراتها.

وأيضا تضغط على الرجل ولا تريد أن تفهم منه أسباب عجزه، فكيف يدعي العجز ولما تزوجها بالأساس؟

فتطلب منه يوميا الخبز والخضار والفواكه، وليست هي أقل من غيرها لكي يشتري زوج لها لزوجته ما تريد.

الأمر صعب جدا حين التفكير فيه وخاصة بالنسبة لمن هو خارج مؤسسة الزواج فسيرى بأن في الأمر معاناة كبيرة ومخاطرة وربما خسارة له.

هذه المرأة التي يتكلم عنها عابر هي امرأة متطلبة، ولا ترحم وسوف تدفنه بين الطلبات التي لا تنتهي.

ولكن لا يستطيع عابر أن يعمم هذا الأمر على كل الفتيات أو الزوجات ولا على كل الآباء والعائلات إلا أنه لا يأتي بأمر من الخيال، بل هذا ما يراه في المجتمع الذي كان يعيش فيه.

فالأمر حقيقة وواقع وهذا ما يسمعه في المقاهي وفي أي مكان.

كما أنه ومن جهة أخرى لم يكن يريد أن يورط معه أية فتاة في علاقة يرى هو بأنها تعتبر تجربة ميئوس منها، علاقة لا فائدة منها، علاقة فاشلة منذ البداية.

"فمن يرى الفشل في البداية لابد أن يتحقق ذلك الفشل أمامه في النهاية"

وأيضا كان يعلم بأن العلاقات تتكلف أموالا أيضا، إذ يجب على الرجل أن يكون مقتدرا لكي تكون لديه حبيبة، يجب أن يعتني بمن سوف تصبح حبيبته ماديا،

كأن يقدم لها الهدايا وان يأخذها رحلات ونزهات، وأن يؤمن لها كلما تحتاجه لكي لا تحتاج لأي شخص آخر غيره.

وكان يفكر:

"كيف يكون رجلا أن لم يعتني بحبيبته"

وهذا الاعتناء سوف يكلفه مالا، وهو لا يمتلك المال لفعل ذلك.

لقد كان يرى بأن الرجل رجل حين يكون مقتدر، أي أن لديه راتب ثابت لكي يفتح بيتا ويعيل زوجة ويكون أسرة، فالمصاريف سوف تتضاعف عليه بالزاج وأيضا بعد الإنجاب.

الرجل هو من يتحمل مسؤولية كل من هم حوله

الرجل هو شخص مسئول وعابر لم يكن يستطيع أن يتحمل أي مسؤولية، ولا يستطيع أن يتحمل مسؤولية ثم يخلي نفسه منها.

فقد كان يسمع عن رجال يتزوجوا وينجبوا، ثم يتهربون من مسؤولياتهم وهو لم يكن من هذا النوع من الرجال.

كما كانت تروى عليه قصص في المقاهي عن رجال كان لديهم حلم الهجرة، ولكنهم أضطروا لمسايرة الوضع هنا والزواج والإنجاب، وعندما ظهرت لهم فرص لهجرة غير شرعية مثلا اغتنموها وتركوا وراءهم نساء وأطفال ولم يسألوا عنهم.

وهذه أيضا لم تكن خصال عابر، ولم يكن ليفعل مثل تلك الأفعال، فقد كان شخصا نزيها.

طريق الهجرة

لقد كان حاله ميئوس منه فعلا، حالته المادية سيئة وطموحه لا سبيل لتحقيق، فهو لا يستطيع حتى التطوير من نفسه.

إحباط ومجتمع لا ينتمي إليه، ولا لغيره، مجتمع لا يتمنى التقدم والنجاح، ولا يسعى لفعل ذلك، مجتمع رجعي كما كان ينعته، مجتمع تحطيمي.

كان عابر يرى بأنه لا ينتمي إلى ذلك المجتمع الذي كل أفراده راضون به، على عكسه هو الذي لم يكن راضيا بالمكان الذي يعيش فيه، ولا بالحياة ولا بالمجتمع ولا بالعمل ولا بأسلوب الحياة ولا بأي تفصيله لو مهما كان حجمها.

أما بالنسبة لبقية الناس فقد كان يرى بأن الجميع راض بحياته، يعملون يتزوجون وينجبون، ويعيشون حياتهم مع أولادهم بدون ملل ولا حتى تذمر.

بل هم يحبون حياتهم ويحبون حياة أطفالهم، ولا يريدون تغييرها ولا إضافة أي شيء عليها فهي كما هي تناسبهم تماما.

لم يستطع عابر حتى أن يجمع ثمن تذكرة طيران إلى أي مكان، وقد كان يحلم بأن يجوب العالم، كل العالم، فقد كان يرى بأنه يستحق فرصة للعش في مكان أفضل، فرصة للعيش في مجتمع أفضل، لكي يحظى بعمل أفضل، ولكي يصبح شخصا أفضل.

لقد كان يرى بأنه من الممكن أن يصبح شخصا أفضل من هذا الشخص الذي هو عليه، شخص أفضل بكثير.

لقد كان يبحث دائما عن طريق للهجرة

لم يكن يفضل الهجرة الشرعية، بل كان يريد أن يقوم بأية مخاطرة مهما كانت تكون هجرة غير شرعية السباحة في المحيط الطيران إلى بلد ما عبر بلد أوروبي ثم الهرب.

أي شيء أي شيء المهم الهجرة

سأل عن مكاتب الهجرة ولم يجد طريقا لذلك، فبعض المكاتب كانت تتقاضى مبالغا خيالية من أجل ذلك، وقد ينجح الأمر وقد يفشل.

فالقائمون على تلك المكاتب يأخذون المال من الشخص، مبلغ كبير مقابل خدماتهم ولكنهم لا يضمنون النتيجة، ولا يعدونه بشيء مجرد أمل ضعيف في محاولة مساعدته ودراسة ملفه.

وهناك أيضا مكاتب مزيفة لا تفعل شيئا إلا سرقة المال وسرقة الأحلام، وبعضها يسرق المال ويبيع الأحلام، وبعضها يعمل في الخفاء لأنهم يدعون بأن في عملهم مخاطرة وبأن الدولة تمنع عملهم هذا.

كل هذه كانت طرقا غير شرعية، ولكن لا نتيجة ترجى منها، فهم تقريبا سارقون للمال فقط.

ولكن في كل مرة يجدون ما يقنعون به الأشخاص في أن ملفاتهم ضعيفة، ولن تنقصهم الحيلة لإيجاد سبب مقنع أو حتى سبب ممكن أو سبب يبحثون عنه فيجدوه، لأنهم في الأول والأخير هم أصحاب خبرة في المجال.

رغم كل شيء، فالمعلومات التي كانوا يرددونها على الأشخاص هي معلومات حقيقية ومتداولة ومعروفة ولكنها كانت مجرد أعذار، فكانوا يتحججون بما يلي مثلا

لا يمتلكون شهادة مثلا

ليس لديهم لغة مثلا

أو لا يمتلكون سنوات خبرة

ليس لديهم مهارة..

الفرص ليست كثيرة وقد أخذها من يستحقها أكثر

لا يوجد تكافؤ للفرص

..... وغيرها

كما كانت هناك بعض الطرق التي تتقاضى من الأشخاص ألاف الدولارات من أجل هجرة غير شريعة، من أجل مقعد في قارب صغيرة، يقطع المحيط قد يصل من عليه وقد تنتشلهم القوات البحرية خفر السواحل جثثا شوهتها الأسماك والمخلوقات البحرية.

الكثيرون كانوا يهاجرون بهذه الطريقة ولكنهم يفقدون حياتهم في سبيل الهجرة، ومن يبق على قيد الحياة

ويلقى عليه القبض فانه يتم إرساله إلى بلاده مرة
أخرى

ورغم أن الجميع يعلم بأن تلك الأموال هي تسلم لتجار
الأحلام هباء وعبثا لكي ينفخوا على الآمال الرياح
القوية لتدمير الأحلام، إلا أن الكثيرين يجمعون المال
أو يقومون بسرقته، لكي يشعروا بأنهم سعوا في باب
من أبواب الهجرة.

أما بالنسبة للشاب عابر فانه لم يكن يحلم بجمع مبلغ
كذلك، وأيضا لم يكن شابا فاسدا لكي يقوم بسرقة المال
أو البحث عنه بطرق غير شرعية غير أنه مقتنع
بالهجرة غير الشرعية، ويتمناها مثلما يتمنى الهجرة
بأية طريقة بالضبط.

كما أنه كان يقدم على بعض التأشيرات، ولكنها كانت
تُرفض جميعا، لأنه ليس لديه شهادة بأنه يزاول عملا
وليس لديه رصيد بنكي ولا يجيد اللغات الأجنبية.

لقد كانت أمامه الكثير من المعوقات التي تمنعه من السفر أو تجعله غير مؤهل في نظر المسئولين عن الهجرة الشرعية، أو حتى السفر للبحث عن عمل أو الدراسة

بالنسبة لدراسة لغة لقد كان الأمر مكلفا جدا، وليس في إمكانية عابر أن يتنقل بتلك المبالغ، التي كانت تعتبر خيالية بالنسبة له، خاصة عندما يتم مقارنة عملة بلده باليورو أو الدولار.

كانت الأمور تعجيزية، ولكنه رغم ذلك لم يفقد الأمل، ولم تستطع الظروف أن تقتل الأمل في قلبه.

لذا لقد كانت ترفض كل طلباته للتأشيرة، في الحقيقة لم يكن يمتلك المال للسفر، ولكنه كان يجرّب حظّه، وكان يقول بأنّه إن حصل على التأشيرة، سوف يجمع المال من أجل السفر.

ربما يقترضه من الناس الذين يعرفهم ففي تلك الحالة من المهم أن يجعل حصوله على المبلغ أمرا بالغ الأهمية.

لقد كان يحاول وفي كل مرة ترفض طلباته على التأشيرة

وبعد مرور السنوات والسنوات حدث أمر لم يكن سعيدا، ولكنه كان من الأمور التي تستحق أن تذكر في حياة عابر.

توفي والده الذي كان رجلا فقيرا على قد حاله، فترك له مبلغا صغيرا جدا من المال، لم يكن المبلغ كبير إلا أن عابر قد احتفظ به، وقال في نفسه بأن هذا المبلغ هو ثمن تذكرة الطائرة، ولن يصرفه على أي شيء آخر مهما يحدث معه.

وبعد مرور تلك السنوات من عمره تطور العالم من حوله ولم يتطور هو، ولم يستطع أن يطوّر من نفسه ومازال يحلم بالهجرة.

لم يكن لديه مكان مفضل بل كان يريد أن يهاجر إلى "العالم المتطور" كما كان يسميه..

أوروبا أمريكا استراليا ....

كان الشاب أحيانا يقضي بعض الوقت في مقهى الانترنت، والكثير من الوقت أمام التلفاز يقلب القنوات، ويطلع على أخبار العالم..

وأحيانا بأخذ من صديق له يعمل في مقهى الجرائد التي يتركها بعض الزبائن في المقهى، لكي يقرأ أخبار الهجرة والأخبار المحلية وأخبار العالم وغيرها.

لقد كان مطلعا كما أن صديقه الذي يعمل بالمقهى، كان يمتلك هاتفا متطورا، فكان يعرض عليه أحيانا ما يمر عليه من أخبار في مواقع التواصل الاجتماعي من فيسبوك انستقرام ويوتيوب وغيرها، عن الهجرة وعن المهاجرين.

لقد أخبره هذا الصديق بأن هناك عدة حسابات وصفحات، وقنوات تتكلم عن الهجرة إلى العالم الغربي وتشرح كل شيء وقال له:

يا صديقي.. لدي موضوع أكلمك فيه.

عابر:

وما هو؟

الصديق:

الموضوع عما يهمّك دائما..

عابر:

ماذا؟

لقد شوقتني

الصديق:

اعلم، فأنا قصدت ذلك..

عابر:

حسنا، يكفي هذا الآن واخبرني ما الذي يجري؟

الصديق:

لقد سمعت عن طريق من أجل الهجرة، حيث تتعرف على التكاليف..، كيف تحصل على عقد عمل؟ وكيف تحصل على التأشيرة وتذكرة الطائرة؟

وأيضا الاستقرار هناك كراء بيت، العمل وغيرها من تفاصيل دقيقة، وحتى كيف تكتب سيرة ذاتية بطريقة سليمة تجعل أمورك أسهل..

عابر:

يا لا الروعة، كل هذا، ولكن كيف؟

الصديق:

اسمعني جيدا..، لقد علمت بأن هناك جمعيات تجعل الأمور أسهل بالنسبة لك، ومكاتب موثقة من الحكومات ومرخص لها مساعدة المهاجرين.

وأضاف قائلا:

انه يجعلون طريقك منيرا لكي لا تضيع وسط غابة الاستغلاليين والسارقين.

فالجشع والطمع والشراهة للمال قد جعلت بعض الناس يفترسون أجساد أصحاب الأحلام، وينهشون وينقضون حتى على العظم منهم.

عابر:

الموضوع رائع، وخاصة إن كان حقيقي..

الصديق:

كيف تقول ذلك؟، إنه حقيقي تماما..

وقد أظهر له ذلك الصديق بعض تلك المواقع لكي يرى ما يتكلم عنه بأم عينه، ويفهم الموضوع، وهذا ما جعله يحب الموضوع ويدمن عليه.

حتى أصبح يأتي للمقهى كل مساء لكي يستعير من صديقه الهاتف، ويشاهد تلك القنوات، والحلقات عن

الهجرة الشرعية وغيرها، ولكنه كان يفضل الهجرة الشرعية.

لقد كان اليوتيوب غنيّا بكل أنواع الفيديوهات عن كل المواضيع، وخاصة التي تهم عابر منها الهجرة إلى كل دول العالم، وهي فيديوهات يدعي من يضعونها بأن تلك الدول تستقبل المهاجرين بصفة شرعية وبدون شروط تعجيزية.

ولكن.. عندما يدخل عابر لمشاهدة أي فيديو منهم فإنه لا يخرج بأية نتيجة، لأن الشروط التي كانت تضعها الدول، والتي يقول عنها اليوتيوبر بأنها ليست تعجيزية كانت فعلا تعجيزية بالنسبة إليه.

فمثلا هناك دول تطلب من المهاجر عقد عمل، وعابر ليس لديه عقد عمل، والحصول على عقد عمل في أية بلد ليس بالأمر الهين.

ومثلا يطلبون رصيدا في البنك ولكن المبلغ جدا ضخم بالنسبة لعابر وذلك راجع لعدة أسباب، أولها أن العمل

الذي يزاوله عابر لا يفسح له المجال لكي يوفر، وثانيا لأن فرق العمل يجعل أيّ مبلغ في الدول العربية هو مبلغ ضخم مقارنة بالدولار أو اليورو.

وأيضا الكثير من الشروط، كما أنه لم يكن ليستطيع أن يتحصل على التأشيرة بسهولة، ولا أن يقوم مثلا بالسفر لأجل السياحة وبعد ذلك يطلب تغيير التأشيرة لكي يحصل على إقامة دائمة.

كانت تلك الفيديوهات كانت تحمل معلومات، ولكنها لم تكن حقيقة تشبه العناوين التي يضعونها عليها، لأنه كان يشاهد الكثير منها ولكن ولا أي منها يناسبه.

كما كانت هناك فيديوهات عن الهجرة غير الشرعية، وعن قصص شباب هاجرو أو حتى طلبوا اللجوء، وهناك الكثير منهم يقصون قصصهم ويروون حكاياتهم، وكيف قاموا بتلك الخطوة وكيف نجحوا ووصلوا إلى وجهتهم.

ومر وقت وهو على هذا الحال لا يفعل شيئا إلا المشاهدة، والحلم لقد كان يحلم كثيرا ويجمع المعلومات التي لم يستطع توظيفها.

ولكن بالغم من كل ذلك فقد كان يسمع ويقرأ في التعليقات على تلك الفيديوهات، بأن الكثير قد استفادوا مها وحضوا بفرصة، لطالما كانوا ينتظرونها على عكس ما كان يحدث معه هو.

لم يكن عابر يصدق ما يحصل معه، كان ينظر إلى الوقت يمر والناس يسافرون بينما هو فقط يقوم بجمع المعلومات المعلومات مفيدة، ولكنه لا يتحرك من مكانه بل كان له وضع شبه ثابت فهو لا يتقدم أبدا.

لم يكن يعلم إن كان أولئك الذين يسافرون هم حقا يحضون بالفرص، وأنهم محظوظون أم أنهم ليسوا جميعا أشخاص حقيقيون، أو على الأقل ليسوا جميعا يخبرون الحقيقة عما يفعلون، وعما يجري معهم.

حلم الهجرة يكاد يصبح حقيقة

وفي يوم سمع الشاب أن كندا قد فتحت أبوابها للهجرة، فالظروف التي كانت تعاني منها كندا في تلك الفترة وأيضا بعض الدول الأخرى وليست فقط كندا، حيث ظهر وباء وقضى على الكثير من الناس حول العالم

وهذا الظرف غير المسبوق قد جعل نقصا في اليد العاملة في الكثير من القطاعات، كما أن البعض قد

التفت إلى العمل عبر النت ولم يعد هناك قبول على العمل العادي، لكي يتفادوا الاختلاط، وانتقال العدوى، والموت جراء ذلك الوباء.

تلك الظروف أجبرت الدول على استقطاب اليد العاملة من كل أنحاء العالم، وخاصة من الدول العربية.

كانت هذه بمثابة الفرصة بالنسبة لعابر لكي يعبر إلى تلك البلاد، وان يستقل هذا الوضع لكي يحظى بفرصة للهجرة، وليس فقط فرصة للهجرة بل وأيضا عمل واستقرار وبعض المساعدة للحصول على تأشيرة وأيضا ربما حتى تذكرة الطائرة.

فرغم تخوف الناس من العمل والاختلاط، وأيضا رغم الراتب المتدني الذي كان معروضا للعمل والذي كان سببا في أعراض بعض الناس عن العمل، فتركوا فراغا وأحدثوا نقصا في اليد العاملة.

كانت الراتب غير ملائم أو غير مرغوب لدى السكان المحليين، ولكنه بالنسبة لمن هم في العالم الثالث هو

مبلغ جيد، وذلك لاختلاف العملة والفرق بينها هناك وهنا، في الدول الغربية والدول العربية.

كما أن تلك قد تعتبر مجرّد بداية لأنه ومع مرور الزمن سوف تتحسن الأحوال أكثر، وأيضا ربّما يغير من هاجر عمله مرة أخرى، ويجد على أرض الواقع ما يناسبه.

ولكن كل هذه الأمور لم تمنع عابر من الطموح، ولا من الأمل في تحقيق حلمه، وليس فقط عابر بل كان هناك الكثير من الشباب الذين كانوا يشبهونه.

سارع عابر بالتسجيل مثلما رأى، فقد كانت هناك مواقع كثير تشرح ذلك، أيضا مواقع وقنوات يوتيوب، وقد رأى كيف أن الناس يتهافتون للتسجيل حتى بدون شهادات ولا لغة.

لقد كانت هذه الفرصة الأمثل على الإطلاق، حيث ألغيت كل الشروط وأتيحت له الفرصة أخيرا.

انه أمر عجيب ومن الخيال، لا يمكن التصديق بأنها حقيقية، وأن الأحلام سوف تصبح على أرض الواقع.

لقد كان الأمر محفزا ويبث الأمل، فقد كانت هناك شركات ومؤسسات ومشغلون يبحثون عن اليد العاملة في مختلف المجالات، وقد تم التخلي عن الكثير من المعايير التي كانت تتطلبها الهجرة.

فمثلا كانت هناك برامج للهجرة موجه للعمالة المهرة.

لقد كانت البرامج مختلفة على اختلاف المدن في ذلك البلد، فمنها من يفضلون مهاجرون يجيدون اللغة الفرنسية ومنها من لا يهتمون باللغة على الإطلاق.

وبرنامج هجرة لا يشترط اللغة الانجليزية ولا الفرنسية من أجل الموافقة على الهجرة.

وهناك برنامج يشترط اللغة الفرنسية.

وبرنامج يبحث عن مهاجرين بدون اشتراط الشهادة الجامعية ولا المؤهل الدراسي.

لقد كانت البرامج مختلفة ومتنوعة، وتفتح المجال أمام الكثيرين وعلى اختلاف مستوياتهم الدراسية العلمية والعملية.

لقد كانت البرامج متنوعة، وموجهة إلى كل الفئات.

في البداية، كان موضوع التسجيل في برنامج ما هو أمر صعب جدا على عابر، لأنه لم يستطع أن يعرف أي البرامج يناسبه أو ما هو البرنامج الموجه له.

ورغم أنه لم يعرف كيف يسجل إلا أنه بذل جهده وسجل أخيرا، لقد بذل كل جهوده لكي يقوم بالتسجيل، لأن النتائج كانت شبه مضمونة فكندا كانت تبحث عن مليون مهاجر، وهنا كانت نسبة نجاحه بفرصة من مليون شبه أكيدة.

لقد كان عابر في غاية السعادة، وهو يرى بأن الأمر يكاد يصبح حقيقة، لقد غمرته السعادة وهو مستعد للعبور إلى الجهة الأخرى من العالم، والتي لطالما كان يحلم بها.

وبعد مرور شهرين وقبل أن يعلن عن قائمة المقبولين، سمع الشاب عن إعلان جديد لقد تعاقدت بلاده مع ذلك البلد (كندا) التي تبحث عن مهاجرين وألغت تلك القائمة كلها، وقررت البلاد أن ترسل من ترى هي أنهم يليقون بالهجرة.

لقد الغي طلبه الذي كان من المحتمل بنسبة مائة بالمائة أنه مقبول.

في مستشفى الأمراض العقلية

لم يتحمل ذلك الشاب الصدمة، وأصبح يصيح ويقول:

هذا البلد دمرني.. سرق عمري وسرق حلمي، لقد كرهت هذا البلد.

لم يتحمل عابر تلك الصدمة، وهذا ما جعله يُجَن

لقد جُنّ فعلا، وذهب عقله..

وأصبح كثير الهلوسة، والهذيان..

كما أنه أصبح يكلم نفسه أغلب الوقت، وينعت دولته بالدولة الظالمة، والتي حرمته من سعادته وأمله، وفرصته الوحيدة والتي ظهرت له بعد سنوات طويلة من الأمل والانتظار.

أدخل الشاب عابر إلى مستشفى الأمراض العصبية، وقد حاول الأطباء علاجه، فكان أول أمر هو إن يجعلوه يتصالح مع نفسه، وأن يحب بلده التي اتضح أنه حاقد عليها لأنه سجنته بداخلها، وحطمت آماله وفي الأخير سرقت أحلامه.

لقد سرقت حلمه بالهجرة، عندما اقترب من أن يصبح حقيقة وأمرا واقعا.

وبعد مدة من الزمن تماثل للشفاء قليلا، وأصبح أفضل حالا قليلا، وقد بدأ يتحسن يوما بعد يوم ولم تعد حالته النفسية لا في النازل ولا ثابتة، بل كان يتحسن بالتدريج.

وبعد أن تحسنت أحواله قليلا، وقد كانت طلبات الهجرة لازالت سارية، فهي لم تتوقف إلا على بلده.

وبينما كان هو سجينا في المستشفى كان يتوسل للأطباء أن يفسحوا له المجال لكي يشاهد أخبار الهجرة ولكنهم بالطبع منعوها عنه.

لقد منع عنه الأطباء التلفاز والأخبار السياسية خاصة، ومنعوا عنه الجرائد، وكل ما يمت للهجرة بصلة.

كما أنهم وضعوا له برنامجا هادفا ومكثفا، من أجل التشافي.

لقد كان في خطة الطبيب أن يجعله ينسى كلما جعله يصل إلى هذه الحالة، وأكثر أمر كان يركز عليه هو الهجرة وما يتعلق بها.

تضمن العلاج أن الكثير من الأدوية، والكثير من الجلسات النفسية، وأيضا جلسات للتنويم المغناطيسي.

الأدوية كانت اغلبها مهدئات وحبوب منوّمة لأن النوم كان راحة بالنسبة لعابر، لأنه يريح عقله من كثيرة

التفكير وخاصة في ذلك الموضوع الذي أوصله إلى المستشفى.

أما الجلسات مع الطبيب النفسي فقد كان التركيز في الحوار على أن عابر إنسان ويستحق أفضل حياة، وأن على الإنسان بأن يستمتع بما لديه ولا يركز على أمر ليست ملكه.

وأيضا محاولة إقناعه بأنه إنسان صالح، ويجب أن ينظر إلى أفضال بلاده عليه وان يتصالح معها في داخله.

فمن فضل بلده عليه أن ينعم بالأمن والسلام.

إنه يعيش في استقرار سياسي واجتماعي ومادي.

إنه يعيش على أرضها وينعم بخيراتها.

والكثير من الأمور التي يجب أن يقتنع بها عابر.

لقد كان في نظر الطبيب، بأن عابر حانق على بلاده وليس متصالح مع ذاته ولا مع بلاده.

لقد كان ينقصه إحساس الوطنية، وهذا ما جعل الطبيب يصف له مشاهدة بعض الأفلام الثورية، وأيضا أن يستمع إلى أغاني وطنية تتغنى بالبلاد، لكي يستعيد حبه لوطنه ويخرج من تلك الأزمة التي قد وضع نفسه فيها من وجهة نظر الطبيب.

بسبب تلك الأدوية أصبح عابر هادئا كثيرا وقليل الكلام، ولكنه لم يتغير من الداخل، بل مازال ذلك البركان يفور بداخله، ولكن لم يعد يظهره للعلن.

الممرض الملاك

لقد كان هناك ممرض قد شعر بالشفقة عليه، وأراد أن يساعده ولكن من دون علم الأطباء، أراد فقط أن يجعله يستمتع بمشاهدة بعض الأخبار.

وهذا ما جعل الشاب عابر سعيدا جدا، لقد تحسنت حالته بمجرد أن رأى جهاز هاتف الممرض، وعندما أعطاه له بين يديه كأنه أعطاه كل العالم.

لقد كان ذلك الأمر مؤثرا جدا.

لقد كانت لحظات مؤثرة عندما امسك الشاب الهاتف بين يديه بعد مرور تلك الأزمة، وبعد مرور كل ذلك الوقت لقد لمعت عيناه بمجرد أن رأى الهاتف.

وقد كان متعودا على هاتف صديقه في المقهى سابقا، وكان يجيد استعماله، وأيضا يستطيع البحث عن الأخبار واهم الأنباء.

لقد جعل عيني الممرض تدمع، كان الممرض متأثر جدا لذا قرر أن يجعل هذا الرجل المسكين المريض يشعر. ببعض السعادة يوميا، فقرر أن يعطيه الهاتف كل يوم لمدة ساعة بعد أن ينصرف الأطباء أي مساء، وقد فعل ذلك الأمر فعلا.

أصبح بإمكان المريض عابر أن يستعمل الهاتف لمدة ساعة كل مساء، وبدون رقابة.

يبدو أن عابر قد أدمن الهواتف الذكية من هاتف صديقه، الذي عمل في المقهى إلى هاتف الممرض،

الأمر كان غريبا ويشبه بعضه البعض، لقد كان عابر ولازال يحمل الهاتف لساعات ولا يتركه من يده أبدا.

وهو يقلب الفيديوهات وينتقل من قناة إلى قناة حتى يشاهد ما يجري، ويأخذ بعض المعلومات، ويرى أيضا ما هو الجديد وما يحدث في العالم.

لقد كان للممرض حسابات على كل مواقع التواصل، وقناة على اليوتيوب، واسمه على القناة، كان مجرّد رمز وليس اسمه بالكامل.

كان الممرض مثله مثل كل الناس يمتلك على كل موقع أو منصة حسابا باسمه وأحيانا لا يضع معلوماته الخاصة، ولكنه لم يكن نشيطا أكثر منه كان مشاهدا غير فعال على كل الحسابات.

ولكنه كان يستعمل هاتفه لساعات وساعات، ولم يكن يعرف بأن امتلاك هاتف قد يجعل الشخص سعيدا إلى هذه الدرجة.

فما حدث مع عابر، جعله يعرف مدى أهمية أن يمتلك شيئا قد يعني للآخرين الكثير.

أكثر أمر كان يقوم به الممرض، هو أنه كان يشاهد قنوات اليوتيوب، ويتفرج بشكل كبير ولعدة أيام.

وبعد مرور مر أكثر من أسبوعين وهو يعير هاتفه إلى عابر، تفاجأ الممرض بأنه أصبحت تصله أموال على عنوان بيته ولكنه لم يعلم مصدر تلك الأموال.

لقد كانت تلك الأموال من اليوتيوب، ولكنّه لم يعرف لما تأتيه أموال من اليوتيوب، وقناته ليس عليها فيديوهات.

لمي كين لدى الممرض محتوى يريد أن يقدمه إلى الناس، ولا معلومات يريد مشاركتها مع غيره، ولم يكن من محبي التصوير لكي يصور كل يوم ويضع على حساباته صورا أو فيديوهات.

كما انه كان مشغولا بمشاغل الحياة، ولم يكن من الناس الذين يحبون استعراض حياتهم على المواقع،

فيقومون بتصوير فلوغات أو ستوريات أو فيديوهات ريلزأو غيرها.

لم يكن من ذلك النوع من الناس، كما انه لم يكن يمتلك أية هواية لكي يستعرضها أمام الناس، ولا يمكن أن يرقص أو يغني، لذا فهو لم يكن لديه جمهور ولم يكن يبحث عن جمهور بل كان مجرّد إنسان عادي، يعيش يومه بيومه ولا يحب أن يتطفل عليه أحد.

فهو لم ينشئ قناة على اليوتيوب، لكي يضع عليها فيديوهات ولم يقم بتصوير أي فيديو من أجل قناته على اليوتيوب.

يبدو أن المريض عابر كان قد دخل إلى قناة الممرض على اليوتيوب بهاتف الممرض نفسه، وأصبح يفتح البث المباشر ويعطي نصائحا لمتابعيه.

وبما أن موضوع حلقاته كان مهما، فقد اكتسب جمهورا عريضا ومتابعين ومشتريكن كثيرون على

قناته، خاصة وأن الموضوع الذي يتكلم فيه، كان الهجرة إلى كندا.

لقد كان يدعو إلى اللحاق بالأحلام، وكان يشجع على الهجرة إلى كندا، لقد كان عابر يبدو حقيقيا وعاقلا على الشاشة.

كان يشبه الكثيرين الذين يحملون في قلوبهم أحلاما مثل حلمه، وهذا ما جعله صادقا ويصل إلى القلب بسرعة.

تفاجأ الممرض بما حصل معه، وعندما عرف مصدر المال والذي كان من اليوتيوب، بحث في الأمر فاكتشف الأمر كان مصدوما كثيرا.

تساءل كثيرا.

وأسئلة كثيرة، كانت تدور في خياله

كيف لمريض أن يسير قناة على اليوتيوب؟

هل عابر هو مريض حقا أم انه شفي؟

هل يعقل أن يكون فقط يتظاهر بالمرض؟

ولكن.. لما عساه يفعل ذلك؟

ولكن.. كيف صدقه الناس؟

ألم يستطع الجمهور أن يميز بأن ذلك الشخص الذي
يوجه إليهم الكلام هو مريض، وليس بكامل قواه
العقلية؟

ما فعله عابر..، يعتبر نجاحا أليس كذلك؟

ماذا يجب أن افعل؟

هل أوقفه عند حده؟

فالقناة هي باسمي، وعلى حسابي وبالبريد الالكتروني
الخاص، أظن أنني سأعتبر متورطا، وأتحايل على
الناس، أم أنني بريء من كل ذلك؟

وأضاف قائلا وهو يكلم نفسه:

يا الهي.. أنا مشوّش التفكير.

نصيحة صديق

أراد الممرض في بداية الأمر أن يغلق القناة،
ولكن بعد أن أخبر صديقا له بالأمر، وصارحه بكل
الحقيقة.

الممرض:

لدي مشكلة يا صديقي، وأحتاج النصح..

الصديق:

أخبرني.. ، وما هي مشكلتك؟

الممرض:

لقد تورطت..

الصديق:

فيما؟

هل في العمل؟

الممرض:

نعم..، ولا تقريبا

الصديق:

لست أفهم..

الممرض:

لدينا مريض في المستشفى، وقد تحسنت حالته

الصديق:

هذا جيّد..

الممرض:

مازالت هناك تفاصيل أخرى..

الصديق:

وما هي؟

الممرض:

أنا أحببت هذا الشاب إنه مثل أخ لي، وقد أشفقت عليه.

الصديق:

وماذا بعد؟

الممرض:

الشاب يحلم بالهجرة، ومنعته إدارة المستشفى بأمر من الطبيب المباشر من مشاهدة التلفاز، وكل الأخبار التي تتعلق بالهجرة.

الصديق:

نعم.. افهم.. فطبيبه يعلم ما في مصلحته

الممرض:

ولكن..

الصديق:

ولكن.. ماذا؟

ماذا هناك؟

الممرض:

لقد أشفقت عليه

الصديق:

وماذا فعلت؟

الممرض:

أعطيته هاتفي النقال، لكي يشاهد الأخبار التي يريد

الصديق:

وهل تأزمت حالته؟

الممرض:

لا.. بالعكس، لقد أصبح أفضل بكثير

الصديق:

وأين المشكل إذن ؟

هل علم أحد بما فعلته؟

الممرض:

لا.. لم يعلم أي أحد بما حدث فقد كنت أعطيه الهاتف

في الخفاء، ولا يرانا أي أحد.

الصديق:

لست أفهمك، أين المشكل إذن؟

هل تشعر بتأنيب الضمير، لأنك قد تجاوزت القوانين

أم أنك خائف من أن يتم اكتشاف الأمر

الممرض:

لا.. ليس الأمر كذلك

لقد حدث شيء آخر

الصديق:

وما هو؟ أنت كثير التشويق، وقد وتّرتني..

الممرض:

حسنا.. سوف أخبرك الحقيقة كاملة، ولكن يجب أن تجد لي حلاً لكي أتخلص من هذه المشكلة.

الصديق:

أنا استمع..

الممرض:

لقد دخل عابر الشاب الذي أخبرتك عنه إلى قناتي على اليوتيوب فانا لدي قناة ولكي لا استعملها، ولكن الشاب استعملها وهذا ما جعل المال يصلني إلى البيت من اليوتيوب.

انظر ما لدي..

الصديق:

واو.. كل هذا المال

الممرض:

نعم..، فقد قدم محتوى جيد وأعجب الجمهور وأصبح لديه جمهور كبير، ومشتركون كثيرون في القناة.

الصديق:

هل أساء استخدام القناة.

الممرض:

بل بالعكس..

لقد كان يتكلم عن الهجرة فقط

موضوعه الذي يشغل كل تفكيره

الصديق:

وما الذي تفكّر فيه أنت؟

الممرض:

أنا خائف من كل ما حصل، وأفكر في غلق القناة مثلا

ما رأيك؟

الصديق:

ولما عساك تفعل ذلك؟

الممرض:

لأنه ليس عاقلا، ولا يجوز خداع الناس

الصديق:

ألم تقل بأنه حالته قد تحسنت

وما حدث معه مجرد أزمة نفسية في رأيي الخاص،
وكثير من الناس يعانون من حالات نفسية، ثم يتماثلون
للشفاء.

الممرض:

وماذا يعني ذلك؟

الصديق:

ألا ترى بأن هذه فرصة لكي تحصل على المال، بل
على الكثير من المال.

الممرض:

ولكنه ليس من حقي..

الصديق:

ولكن.. القناة لك

الممرض:

نعم.. أعرف ذلك ولكن

الصديق:

لا تقل.. لكن يا صديقي، إنه مال جاء إليك دون أن تضر أي أحد، فلما عساك ترفضه

رغم أن الموضوع كان فيه الكثير من الخداع، لكن الصديق أقنع الممرض الذي قرر أن يدعي أنه لم يكن يعلم ما يفعله المريض بهاتفه.

لقد كان المريض عابر ذكيا ولديه الكثير من المعلومات التي كانت حقيقية، فقد كان يجري أبحاثا عن هذه المواضيع كل حياته.

لقد أصبحت لديه المشاهدات بالملايين في وقت قصير، واشتهرت قناته كثيرا.

لقد أطلق اسم **"هاجر معي إلى كندا"** على قناته، وأصبح يضع فيديو كل يوم وبث مباشر كل ليلة، فكانت المشاهدات تتصاعد في اقصر وقت

وبعد ذلك بمدة، لقد تصاعدت الاشتراكات في القناة بدرجة غير معقولة.

مرّ حوالي الشهرين، وأصبح الشاب يتحسن بشكل غير معقول، لقد كان الموضوع يبث فيه السعادة والنشاط والحيوية.

لقد كان عاقلا على القناة، ويقدم النصائح الكثير للمهاجرين.

ويُشجّع على الهجرة الشرعية

لقد أخبرهم بأن يجهزوا أنفسهم بشكل جيّد

من نصائحه التي كان يقدمها:

ثق بنفسك.

تعلم اللغة، أو حاول فعل ذلك، حاول.. ولا تيأس حتى تنجح.

ابحث عن البلدان التي تقدم لك عرضا جيّدا للهجرة الشرعية

لا تجرّب الطرق الملتوية

لا تهاجر هجرة غير شرعية، لأن كل الدول سوف تفقد

ثقتها بك، وقد تفقد حياتك جراء محاولة فاشلة مثلا

يجب أن تمشي وفق القانون

لا تخرج عن القانون.

يجب أن يكون لديك عقل متفتح

ساير المجتمع الذي تريد أن تعيش فيه

تعلم عاداته وتقاليده..

اندمج في مجتمعك الجديد

لا تلتفت إلى الخلف

ولا تتحسر على الماضي

لا تقل أنك كنت فاشلا

حقق النجاح أنت، فقط لم تكن في المكان المناسب

أنت تستحق النجاح

حاول أن تطور من نفسك

اكتسب مهارة في أي مجال كان

لا تجلس مكتوف اليدين، وأنت تنتظر استغل وقتك
جيّدا

....

لقد كانت لديه الكثير من النصائح، التي كانت مُجدية
بالفعل.

وكانت تنهال عليه التعليقات، والأسئلة المتنوعة ولكنها
كلها تصب في موضوع واحد وهو موضوع الهجرة،
وهو يرد على المشتركين في قناته أحيانا.

كانوا يطلبون النصح والمساعدة وهو لا يتأخر عن أي
أحد، في حدود الوقت المتاح له على الهاتف.

كما أنهم كانوا يحكون له عن المشاكل التي كانت
تصادفهم، وقد كان يحل المشاكل بكلمة أو نصيحة
واحدة.

كان عابر يبدو حكيما للغاية وعاقلا للغاية كما انه كان يبدو طيبا وجيدا ورقيقا، وتلك هي حقيقته فقد كان شخصا جيدا ولكنه وضع في ظروف سيئة.

اكتسب سمعة جيدة وفي وقت يعتبر قياسيا، واكتسب جمهورا عريضا من المتابعين والمشتركين.

ولكي يساعده الممرض قام بعدة أمور جعلت عابر يزداد نشاطا، ويقبل على تصوير الفيديوهات أكثر والبث المباشر أيضا.

كان الممرض يحضر له قمصانا مختلفة الألوان من أجل صورته على القناة، ولكي يظهر في كل مرة بزي واحد والذي هو زي المستشفى، وهذا ما أسعد عابر الذي كان يغير ملابسه في البث المباشر وأيضا الفيديوهات.

كما أن الممرض قد أحضر له خريطة العالم، وعلقها له على جدار غرفته، لتصبح خلفية لتصوير فيديوهاته، وذلك لكي لا يكتشف الناس بأنه في المستشفى.

ولكن الممرض طلب من عابر أن يخبئ القمصان والملابس، لكي لا يشتبه فيها الممرضون الآخرون والأطباء، فان تم اكتشاف الأمر ذلك سوف يعرضه للطرد من عمله.

لقد كان الممرض يعرض نفسه للخطر بتلك المجازفات التي يقوم بها مع عابر، فأعارته الهاتف هذا ارم ممنوع كليا وإدخال الملابس وأيضا خريطة العالم هي كلها أمور لا تتفق مع سياسة المستشفى.

بل كل تلك التصرفات تتعارض مع القانون الداخلي للمستشفى.

بعض تلك التصرفات، سوف تكون في نظر الأطباء أمر تؤخر علاج المريض، أو ربما تعرضه لأزمات جديدة

وتجاوز الممرض للقوانين يستحق عليه المعاقبة القانونية وليس فقط الطرد.

وأيضا سوف ينظرون إلى الممرض على أنه يقوم باستغلال مريض ليس في قواه العقلية لمصلحته الشخصية وللفائدة المالية.

وكل الممرض في الحقيقة لمي كان يفكر تلك الطريقة، بل كان يساعد عابر ويجعله سعيدا

كما انه كان أقرب شخص إليه في المستشفى، وكان يمكن أن يشعر بما يفكر فيه عابر، ويعرف ما يسعده، وما يجعله حزينا.

لقد كان يساعده ولم يكن يقوم باستغلاله، ولكن لن يصدقه أحد مهما كانت مبرراته.

ولكن لن يصدقه أحد فلو تم تقديم للمحاكمة، سوف تثبت كل الأدلة والبراهين أنه شخص استغلالي، ولم يحترم وظيفته ولا يتمتع بأيّة إنسانيّة، لأنه يستغل مريضا والأسوأ من ذلك أن يستغل مرضه ضده فبدل

أن يتقدم في العلاج ويشفى هو يعيد إليه تلك الأمور التي يرى الأطباء بأنها سبب مرضه، والتي يحاولون إبعادها عنه.

إلا أن الممرض يضعه في نفس الأجواء من جديد ويعرضه للخطر، فربما لن يتحمل عقله ما يجري وقد تنتكس حاله وتتدهور.

وبعد مرور أكثر من شهرين حيث يصبح العدد الإجمالي هو خمسة أشهر، منذ انطلاق القناة وحتى اليوم.

شفي المريض من مرضه نهائيا وقرر الأطباء أن يعطوه حريته، لقد وقع له الطبيب المباشر على إذن بالخروج من المستشفى.

لقد كان عابر يخفي ذلك الأمر، ولو أخبر أحدا عن الممرض لحجز هو من جديد، وأيضا لتمت معاقبة الممرض.

ولأنه أصبح حالا فقد حاول أن يقنع الأطباء بأنّه لم يعد يفكّر في الأمور من نفس وجهة النظر التي دخل لها إلى المستشفى، وأصبح أكثر وعيا من ذي قبل.

وقد شفي فعلا لأنه كان يخضع لجلسات خلال الفترة الصباحية، وأيضا يتناول الأدوية بانتظام، ويتابع كل أوامر الأطباء والممرضين.

يبدو انه لم يكن مريضا جدا، بل هي أزمة وقع فيها فقط.

وعندما عاد إلى طبيعته، وأصبح أحسن حالا، وقرر الخروج من المستشفى.

أخبره الممرض بأن الناس أي المتابعين له، والمشتركين في القناة، لا يعلمون بأنه كان في المستشفى، كما قال له بأن هذه الحقيقة وفي حال اكتشافها، سوف يعتبرها الجميع خداعا.

ثم اخبره بأنه تقلى مبالغ مالية من اليوتيوب، من أجل المساعدة التي كان يقدم وجزاء له على تلك الفيديوهات

التي كان يقدمها والتي كان لها جمهور عريض، ولكنه لم يخبره بأنه طمع أن يأخذ تلك الأموال فهو لم يستطع فعل ذلك.

كما أن الكثيرين كانوا يرسلون له المال، من أجل مساعدته هو على الهجرة، وتحقيق حلمه لأنه أخبر متابعيه بأنه، هو أيضا يطمح للهجرة.

تعاطف معه الجمهور، وهناك من قرروا أن يقدموا له يد العون لكي يساعدون على نيل مراده، ولك تكن تلك المساعدات كبيرة، بل كل على قدر استطاعته وهم كانوا جمهورا عاديا، ولكن عددهم كان كبيرا جدا، وهذا ما يجعل المساعدات التي يتلقاها كبيرة.

أخذه الممرض إلى بيته، وأعطاه كل المال الذي وصل من أجل المساعدة على الهجرة.

واخبره بالحقيقة كاملة وبكل التفاصيل، ولم يشأ أن يخفي عنه شيء حتى لو كان بسيطا، فكل تلك الأموال من حقه وهو كان نزيها ولم يكن ليسلبه ما له.

وأخبره أيضا بأنه تلقى مالا من اليوتيوب، ولأنه صاحب الهاتف، فقد أعطى لنفسه الحق في التصرف ببعضها.

لقد كان مالا كثيرا، وليس بالقليل أبدا.

لم يتوقع عابر كل ذلك المال وكل تلك القصة التي قصها عليه الممرض، والتي لم تكن تبدو حقيقية، ولكنه وضع المال بين يده لذا صدّق الأمر، ولم يكن هناك سبب لكي يكذب الممرض الذي لطالما مد له يد العون.

ما بعد المستشفى

قرر الشاب أن يعيد كل الأموال لأصحابها، ولم يعاتبه على مال القناة، الذي لم يكن يعلم بوجوده فلو علم لربّما تمكّن بفضل ذلك المال أن يحقق حلمه وأن يهاجر حقا.

قرّر الشاب أن يقوم ببث مباشر في تلك الليلة، لكي يخبر الناس الحقيقة، وطلب من كل من أرسل مبلغا لأجل الهجرة أن يأتي لاسترجاعه من بيت الممرض، الذي قدم اعتذاره هو الآخر.

لقد اشترى الممرض بيتا وسيارة بأموال اليوتيوب، ولكنه لم يلمس أموال الناس، لذا غفر له الجميع خطأه، وأن الطمع لم يعميه تماما لقد كان طامعا ولكنه امتلك ضميرا.

وبمجرد أن فتح البث المباشر حتى سجل رقما قياسيا في المشاهدات، وهذا ما جعل اليويتيوب يمنحه درعا ذهبيا وهدية مالية ولكن ليس فقط هذا.

لقد تلقى عابر الكثير من الهدايا من المعجبين، منها هواتف لأنه لم يكن لديه هاتف محمول، والكثير من الأمور الأخرى.

لقد أعجب الناس بصراحته، وبطيبة قلبه، ونظافته، وبراءته، وهذا ما جعله محبوبا لدى الجميع.

لقد أخبرهم بما حدث له وبالأزمة التي تعرض لها وبدخوله المستشفى، أخبرهم عن حياته ومشواره طوال حياته، وكلمهم عمّا مر به وكيف أن كان يبحث عن أية وسيلة للهجرة ثم حدث ما حدث.

وبسبب التعاقد بين بلاده وكندا ذهبت أحلامه مع الريح، وتلك كانت السبب في أزمته الصحية التي أدخلته إلى المستشفى.

كما اعتذر أن كان قد خدع الناس دون أن يقصد ذلك، فكلّما كان يريد فعله هو أن يساعد الناس، وليس أن يقوم بتضليلهم أو خداعهم أن سلبهم أموالا.

تقبّل الجمهور كلامه، وزادت محبته في قلوبهم جميعا وازدادت شهرته، وازداد عدد متابعي القناة، لقد أصبح الإقبال على قناته ومشاهدة فيديوهاته أكثر من قبل، وذلك لأنه شخص صادق، وأيضا لأنه كان يقدم معلومات صحيحة وحقيقية.

لقد كان يبحث في كل مكان، ويقوم بتجميع المعلومات، ويحاول أن يترجم بعض المعلومات، ولا يقدم أية معلومة ليس متأكدا منها، وأنه في حالة ما إذا كان غير متأكد، فإنه كان يقوم بالتنويه إلى ذلك الأمر.

كما أنه كان يشيد ببعض القنوات التي كان يقوم بمشاهدتها، والتي كان يثق في معلوماتها وأصحابها دون أية معرفة سابقة، وشخصية مع أصحابها.

المفاجأة الكبرى

لقد تلقى عابر مفاجأة بعد ذلك، إذ تفاجأ فيما بعد، بأن تلك الدولة التي كانت تبحث عن مهاجرين، قد أرسلت له دعوة للهجرة مع تذكرة طائرة وكل التسهيلات التي لم يكن ليحلم بها.

لقد كان الأمر مفاجئا، ومفرحا بالنسبة له إنه حلم تحقق، وليس فقط مجرّد حلم بل أكثر حلم كان يسعى إليه إنه حلم حياته.

لقد تمت دعوته، وذلك تقديرا لجهوده ومحبته لتلك الدولة وصراحته وصديقه.

وأيضا لأنه كان لديه كم كبير من المعلومات عن الهجرة، وعن تلك البلد بالذات وثقافتها وكلما يتعلق بها.

لقد أثبتت تلك الفيديوهات بأنه كان بالفعل مؤهلا لكي ينال الإقامة، والموافقة على السفر.

لقد حظي بالفرصة أخيرا، وبطريقة ليست فقط شرعية، بل بطريقة لم يكن ليحلم بها أي أحد، ومهما كانت ظروفه ومؤهلاته.

لقد كان الأمر مشرفا جدا، ولكن عابر كان يستحق ذلك بالفعل، لأنه كان شخص طيب ونزيه، ومجد وباحث ويسعى دون تعب أو ملل.

فسافر بعد عناء كبير، وبعد مشقة، وبعد جهد كبير، وبعد معاناة، وقد كان سعيدا ومبسوطا، وشعر أخيرا بأنه إنسان وبأن جهوده تلقى التقدير.

فيما بعد..، قام عابد بفتح قناة يوتيوب خاصة به، فانتقل إليها كل المشتركين في القناة الأولى وأكثر منهم، وأصبح معروفا جدا.

Sommaire